AF231651

LE SACRE

ET

RHEIMS.

Prix : 75 centimes.

JANVIER 1819.

LE SACRE

ET

RHEIMS.

Le Roi, dans son discours de l'ouverture des Chambres, s'est exprimé en ces termes :

« J'ai attendu en silence cette heureuse époque,
« pour m'occuper de la solennité nationale, où
« la Religion consacre l'union intime du peuple
« avec son Roi. En recevant l'Onction au mi-
« lieu de vous, je prendrai à témoin le Dieu
« PAR QUI RÉGNENT LES ROIS, le Dieu de Clovis,
« de Charlemagne et de S. Louis ; je renouvelle-
« rai sur les Autels le serment d'affermir les
« institutions fondées par cette Charte que je
« chéris davantage, depuis que les François, par
« un sentiment unanime, s'y sont franchement
« ralliés. »

Sa Majesté, dans ces nobles expressions, manifeste le désir de suivre l'exemple de ses prédécesseurs et de consacrer comme eux, par la religion, son union avec le peuple français. Les paroles de S. M. ne désignent point le lieu où Elle se propose de recevoir l'Onction sainte ; mais le cœur des Français l'a déterminé à l'instant même. Tous les yeux se sont tournés vers l'illustre Métropole de l'ancienne Gaule Belgique, à laquelle se rattachent tant et de si touchans souvenirs. On s'est écrié de tous les points de la France : Rheims, heureuse Cité ! jadis tu as vu, dans ton Temple, la Religion associée au trône du Fondateur de la Monarchie Française ; bientôt tu verras le Restaurateur de cette même Monarchie, déposer aux pieds de tes autels la promesse de rendre heureux le peuple aux vœux duquel le ciel l'a rendu. Dans cette même enceinte où le vainqueur d'une nation barbare vint autrefois abjurer le culte des idoles, là aussi le vainqueur de l'anarchie viendra intéresser de plus en plus le Très-Haut en sa faveur, en garantissant, par un acte solennel, le maintien du Christianisme et celui de la Charte.

On a vu le trône Français, qui s'étoit élevé au milieu des déchirements de l'Empire Romain, on a vu ce trône encore chancelant sous les quatre premiers Rois, se consolider, en s'appuyant contre l'autel où avoit été sacré Clovis.

Le trône des Bourbons , renversé par la tempête révolutionnaire et relevé par la main de Dieu , protecteur de la France , va acquérir une nouvelle consistance , quand le successeur de Clovis s'y assiera , au milieu de ce Sanctuaire , où respire encore la grande ame de S. Remi.

Toutes les fois qu'un de nos Rois environné d'une cour brillante , s'avançoit sous les voûtes de cette imposante Basilique , jusqu'aux marches de l'Autel où il devoit déposer son serment , dans ce moment auguste , un sentiment d'alégresse se mêlait , dans le cœur de nos pères , au respect religieux. Il leur sembloit voir le Pontife consécrateur , recevoir du Ciel l'huile destinée à oindre le front du nouveau Monarque. Et encore aujourd'hui , cette opinion , que le Temple de Rheims est celui où l'huile sainte doit couler sur les Rois de France , cette opinion consacrée par plusieurs siècles , est celle de tous les François : elle est identifiée avec l'esprit de la nation ; elle est même celle des autres peuples. Les étrangers , dont la providence s'est servi pour briser les fers de la tyrannie sous laquelle nous gémissions , s'empressoient de visiter l'Eglise de Rheims. En vain la beauté imposante de l'édifice cherchoit-elle à distraire leurs regards , ils sembloient insensibles à l'intérêt que provoque la magnificence de ce superbe monument, tant qu'ils n'étoient point arrivés au Sanctuaire ; mais lorsque leurs pieds touchoient le marbre vénérable, sur lequel repose le Trône du Souverain à la cérémonie de son Inauguration, remplis alors d'une sainte émotion : *Nous voici donc*, disoient-ils aux François qui les environnoient, *nous voici donc au lieu où sera bientôt sacré votre Roi.*

Ainsi l'attente générale, je ne dis point de la France, mais de l'Europe entière, seroit douloureusement trompée, si Rheims venoit à être privé de la gloire de voir sacrer dans son Temple son Roi tant désiré.

La ville de Rheims, berceau de la religion de nos Princes, ne doit cette faveur qu'à la providence ; mais elle doit à la bonté de nos Souverains de ne l'avoir jamais oubliée. Constamment et presque sans exception, ils ont voulu que leur Inauguration se célébrât sur le même Autel où l'eau du baptême avoit sanctifié l'époux de Clotilde, où l'huile céleste avoit consacré en lui le titre de Roi. Ils ont pensé que ces paroles : *je suis chrétien, je suis votre Roi, je suis votre père*, devoient être répétées au lieu même où Clovis les a dites d'abord, et que prononcées partout ailleurs elles perdroient une partie de leur sublime efficace, celle d'ajouter l'enthousiasme à la conviction.

Un Roi, sacré à Rheims, paroît, pour ainsi dire, avec plus de vérité, le fils et l'héritier de Clovis. La religion, sans rien ajouter à la légitimité de ses droits, leur donne une sanction imposante qui les rend plus respectables à la nation. Cette religion dit alors aux François, qui sont venus de toutes parts pour assister à la cérémonie : *vous êtes dans l'enceinte qui a retenti des acclamations de vos pères, lorsque le vainqueur de Tolbiac a brisé ses Idoles, et m'a érigé des Autels.*

C'est parce que cette voix de la religion est plus éloquente dans le Temple de Rheims, c'est parce que l'Inauguration, faite près de l'Autel de S. Remi, et par ses successeurs, rendoit la majesté de nos Rois plus sacrée aux yeux des François, que presque tous ils ont voulu recevoir l'onction, au lieu où avoit commencé la monarchie chrétienne. L'avantage de sacrer nos Rois, fut, aux yeux de toute la nation, un privilége attaché au siége de Rheims ; privilége glorieux, dont les autres villes l'ont toujours félicité, sans jamais le lui envier, encore moins le lui contester. On auroit craint, en y dérogeant, de ne pas assez respecter ce caractère auguste, que la main des temps avoit

gravé sur cette antique institution. La même véné-
ration pour les principes monarchiques, et le même
attachement pour la personne de nos Rois, en se
perpétuant de race en race, sembloient exiger
qu'on perpétuât, avec une inviolable uniformité,
le rit et le lieu de leur consécration. Louis VII,
en déclarant, dans sa charte de 1179, le droit
de sacrer les Rois, invariablement attaché à l'E-
glise de Rheims, ne fit que sanctionner par écrit
une prérogative déja consacrée par l'opinion de
tous.

Aussi sont-ils en petit nombre les exemples d'un
Roi de France, sacré dans une autre ville. On
ne les trouve, pour la plupart, que dans ces temps
voisins de l'origine de la monarchie, où le pou-
voir souverain étoit dans les mains de plusieurs.
Les discordes civiles, suite naturelle du défaut
d'unité dans la puissance, ont rendu Rheims inac-
cessible à quelques-uns de nos Princes, le schisme
à quelques autres, la Ligue à Henri IV. Quand
l'onction fut donnée à nos Rois, hors des murs
de Rheims, ce fut toujours parce que des cir-
constances péniblés ont fait violence au vœu public.

Mais lorsque nul obstacle invincible ne s'op-
posoit aux désirs des Rois et de la France,
Rheims jouissoit, sans contradiction, de son pri-

vilége. La restauratrice du Royaume, au quinzième siècle, la célèbre Jeanne d'Arc, bien qu'elle eût triomphé des Anglois, ne crut sa mission finie que quand elle eut conduit à Rheims Charles VII, déjà couronné à Poitiers, deux ans auparavant. Elle né songe point à le faire sacrer à Orléans, théâtre de sa gloire, ni à Paris, Capitale assurément avide dès lors de voir le Lys remplacer le Léopard. Il s'agit du sacre du Roi; la Pucelle ne voit que Rheims, ne parle que de Rheims; c'est à Rheims qu'elle conduit Charles, sans délibérer elle même, sans être contredite par d'autres. *Grand Roi*, dit-elle à Charles, aussitôt qu'il eut reçu l'onction, *Dieu a permis que vous fussiez sacré à Rheims, pour faire voir que vous êtes le véritable Roi, celui auquel appartient le royaume.* Ainsi conduire le Roi à Reims, et l'y faire sacrer, c'étoit, selon cette héroïne, interpréter les sentimens de la nation Françoise, c'étoit, dis-je, lui rendre son Roi légitime; et affermir la couronne sur sa tête.

Un homme trop fameux dans l'Europe, par les souvenirs amers qu'il y a laissés, cet homme, qui n'a marqué que par de longs amas de cadavres les traces de sa domination, cet homme a voulu consacrer, par la religion, son sceptre usurpé; mais il s'est bien gardé de choisir Rheims, pour le lieu de son sacre. Il redoutoit de s'y trouver environné des ombres respectables des S. Louis, des Clovis, et de tous les Princes des trois races. Il lui sembloit d'avance entendre les mânes des Bourbons, lui reprocher de venir profaner leur diadême, au lieu même où la religion l'avoit affermi sur leur tête. Homme nouveau d'ailleurs sur le trône de nos Rois, il vouloit tout innover ; chef d'une dynastie idéale et chimérique, il prétendoit que tout datât de son règne ; il lui importoit donc d'anéantir toutes les traditions qui se rapportaient à l'ancienne monarchie, tout ce qui pouvoit faire revivre les souvenirs antiques, qui ont tant d'influence sur les opinions des peuples. Il agissoit conséquemment, en s'écartant de ces institutions qui déposoient contre lui. L'Homme d'un jour ne vouloit point se trouver en face de ces héros de tant de siècles, de ces héritiers de tant de droits, de ces rejettons de tant d'illustres aïeux. Il voulut donc être sacré où l'avoit été un Roi d'Angleterre, comme lui étranger aux Capétiens. Mais il auroit dû pressentir qu'un jour l'histoire citeroit son usurpation au dix-neuvième siècle, comme elle signale l'usurpation de Henri VI au quinzième.

Il est sans doute des usages qu'il est indifférent de changer ; il en est même d'autres auxquels la raison fait une loi de renoncer, quand ils ne sont plus en harmonie avec les nouvelles institutions que le temps à créées, ou avec les opinions qui sont devenues dominantes. Mais aucune de nos institutions actuelles ne contredit celle du sacre de nos Rois à Rheims, moins encore l'esprit de notre siècle. Dans l'opinion de tous les François, dans le langage commun, Rheims est toujours *la Ville du Sacre.* C'est à Rheims, que déjà on se prépare à venir, des bords de la Méditerranée et de l'Océan, pour y voir Louis XVIII prendre le diadême légué par Clovis, diadême auquel l'antiquité semblera ajouter un nouvel éclat. C'est à Rheims, et seulement à Rheims, que le Roi paroîtra, au moment de son Sacre, entouré d'un cortège, le plus imposant de l'univers, composé de ses aïeux, qui sembleront revivre en lui, et partager nos acclamations. C'est là qu'il paroîtra avec ces idées vénérables d'antiquité et de légitimité, qui, sans être nécessaires à son illustration personnelle, relèveront pourtant, en quelque sorte, la majesté de son trône. Là, sur les murs de la basilique d'Hincmar, on lira avec émotion la sainteté de Louis IX, la sagesse de Charles V, la loyauté de François Iᵉʳ. l'héroïsme de Louis XIV, la bonté excessive de Louis XVI. En nous rappelant les adversités de ce dernier prince, nous prierons le Dieu de Clovis d'enrichir le règne de notre Roi actuel, de tout le bonheur qui a manqué à celui de son infortuné frère.

Sans doute, ce vœu, il n'est point de temple où les François ne soient disposés à le former. Quelque soit celui que sa Majesté ait voulu préférer, elle y verra ses enfans, tendre vers le Ciel leurs mains suppliantes, pour provoquer la protection divine en faveur de l'Homme de tant de malheurs et de tant de vertus, de l'Homme objet de tant de désirs jadis et de tant d'amour aujourd'hui. Cette disposition du cœur des François est indépendante du lieu où sera sacré leur Roi. Mais pourquoi notre nation s'écarteroit - elle de ses propres exemples, et des exemples des autres nations? Toutes ont affecté à une ville, à un Prélat, la prérogative du Sacre de leur Prince: l'Archevêque de Mayence sacre les Empereurs d'Allemagne ; l'Archevêque de Tolède, les Rois d'Espagne ; l'Archevêque de Cantorbery, ceux d'Angleterre, dans l'Abbaye de Westminster ; celui d'Upsal sacre le Roi de Suède dans sa Cathédralc ; Presbourg a toujours été le lieu du couronnement du Roi d'Hongrie ; Moscou, celui de l'installation du Czar; l'Archevêque de Gnesne sacroit les Rois de Pologne à Varsovie ; l'Evêque d'Ostie a le privilége de verser l'onction sur le front du Chef de l'Eglise. On voit donc presque partout une ville privilégiée pour l'inauguration des Princes, et rarement cette ville est la capitale; presque partout le grand dignitaire de l'Eglise nationale, est spécialement désigné pour cette importante cérémonie. La plupart de ces états ont éprouvé de violentes secousses ; leurs formes de gouvernement, des modifications essentielles ; au milieu de ces convulsions, où d'anciens usages ont péri, celui de l'inauguration des Princes n'a subi aucune altération. Le lieu du Sacre fut toujours le même ; la prérogative de cette cérémonie est restée invariablement attachée au siège qui en avoit joui dans les siècles précédents. La ville de Rheims, même après la révolution finie, se croiroit encore victime des maux qu'elle a causés, la ville de Rheims regretteroit qu'il eût manqué quelque chose, pour elle, au bonheur de la restauration, si elle étoit privée du privilége de voir son Roi sacré dans son enceinte.

Il est, je le suppose seulement, il est des esprits légers, et indifférens, à qui il importe peu où se fera le sacre de Louis XVIII. Mais tous les esprits réfléchis , tous les amis de ces usages qui sont nés et ont vieillis avec la monarchie , applaudiront à la résolution du Roi , de venir à la suite de tant de prédécesseurs et d'aïeux , recevoir à Rheims l'onction des mains du successeur de l'apôtre de la France. L'intervalle de quatre siècles disparoîtra ; l'esprit des assistans rapprochera deux époques éloignées , et ils confondront , dans leur pensée , le fondateur et le restaurateur de la monarchie. S'ils voyent quelque différence entre les deux Princes , elle sera à l'avantage de celui qui nous gouverne ; car pour fonder un état comme Clovis , il n'a fallu que de la force et du bonheur ; pour le rétablir , comme Louis XVIII , il falloit de la sagesse et des lumières.

Or , qui lui refuseroit ces éminentes qualités ? Heureux celui qui , voulant peindre un Roi, tel qu'il doit être , n'a besoin que de lever les yeux, pour en trouver le modèle dans le Prince sous lequel il a le bonheur de vivre ! Heureux le peuple dont les destinées sont dans les mains d'un tel Monarque ! Puisse son règne avoir la durée de notre invariable amour , et son trône , la durée des siècles ! Puisse la ville de Rheims inscrire dans ses fastes : *La Providence, par un double bien-fait, a épargné à notre Temple la douleur de se voir profané par l'Usurpateur, et lui a donné la gloire d'y voir sacrer son Roi légitime.*

Nota. Je mets Clovis au nombre des Rois de France, qui ont été sacrés. Quelques historiens ont révoqué en doute le sacre de ce prince, d'après le silence de Grégoire de Tours, qui ne parle que de son baptême. Ce n'est là cependant qu'un argument négatif. Le bénédictin Marlot, dans son *théâtre d'honneur*, soutient le sentiment contraire, sur le témoignage positif du testament de S. Remi, cité par Flodoard. Ce testament est regardé comme un monument authentique par Mabillon. Plusieurs autres Auteurs, sont de l'avis de Marlot.

Rheims, Imprimerie de Delaunois.